臺灣情 華語吟

一位老工程師與新詩的邂逅

序言

寫詩是偶然。記得那是一個微涼的日子有意無意走
進圖書總館，在書架上隨意拿取幾本書準備度過一
個無聊的午後。

其中一本是曹開寫的《給小數點臺灣》，翻閱中一
首〈獨裁的數學公式〉深深喚醒蟄伏心裡的數學
蟲。詩以繁分式導入煩囂人間，再以一條倒函數
（1/P-1）分述專制與人民關係。邏輯清晰、意象
生動有趣。剎那間腦部像起了化學反應——數學、
邏輯可以寫成詩？顛覆了我對詩的概念，也顛覆了
詩是文學院產品的窠臼想法。可能是化學反應將理
工與文學連結，開始閱讀詩集及詩詞寫作相關書
籍，發現詩的天地比數理寬廣，可隨情境和心境天
馬行空，於是著筆寫詩至今。

本書是我的第一本詩集，之所以名為《臺灣情，華語吟》乃因每首詩都與臺灣人、事、物、景關聯，然因我從小受華文教育薰陶，故而多數以華語呈現。簡言之，本詩集與坊間詩集一樣都是華語教育下產物，唯一不同是每首詩都有屬於我的情感。

桑榆之年方入詩壇，既喜且驚，喜的是廣袤詩域讓思緒自由馳騁，大至寰宇小至量子無一不可成詩；驚的是文字轉化的意象與耕耘產出的作物一樣具有糧食的意義。希望本詩集呈現的多元生活面貌能帶給讀者更多視野與不同體悟。

—— 臺灣語凡 2024/7/30 寫于松屋

目次

7

My God！

已餿掉的過去
被翻轉曝晒
信仰者將方向掉頭
過分表情擎起
歲月靜好的虛假面具
適合進步的社稷
人人低頭撿拾散落良知

記下所有教訓
與磨擦一起溫良恭儉
錯置呼吸的歲月
開始拖沓生命
可以更好的季候
風雨交相淋漓呼嘯
生死線上生靈
紛紛躲進禱告角落

神性彰顯戰魂？
泣聲嚎叫是烽火信號
癱瘓人性，從
殘留肢體互射火花
相異的價值鍋
煮出一道道仇恨菜餚
神愛世人信念
在槍林彈雨中傳遞不懈

煙硝後的血腥臕愛
還可告解嗎？My God！*

—— 臺灣語凡 2023/10/16 寫于松屋

* 新舊約可以誘發戰爭，戰爭再串起人類史。上帝真的是 MyGod！

九份來去

夜拉開序幕
遊客紛紛下山
金礦開始輝煌
店家收起了喧囂

本山五坑的
冷空氣撲鼻而來
洞窟壁面的牛條仔 *
壓迫著地道陰濕

坑水滴落安全帽
輕輕敲響昔日影像
栩栩如生蠟像
宛如疲累上工的自己

50 公尺磅空
穿越世紀時光
阿妹樓紅燈高掛
地底穿屋巷穿梭著
歷史跫音

#收錄於《台客詩刊》第 33 期

九份來去

* 用相思樹枝幹強化洞壁。

夕照的鄉愁

燃燒的夕陽
與寂寥的月台婆娑
撒下的金黃
鋪陳了人間的離合

遠處的寄望
在鐵軌上躑躅等待
跑馬燈緊抓著時間閃爍
說不出口的那句話
終於鳴出笛聲

想家的人
此刻擁有家門口的斜陽
曳著光影前進的車箱
無別地端詳起遠近的鄉愁

#收錄於「大紀元新詩園」

大鵬灣

思念是廣袤的海灣
信仰，觸及海的鹹濕
撲滿夕照的王爺殿
一唸，炸開了斜張橋

饕客是海的味蕾
饞嘴，珍饈的墳場
黑鮪魚和黑珍珠爆開夕照
曳引王爺出航

海風輕輕拂過大鵬灣
翻落夕陽緩緩走進地平線
準備明日東昇事宜
王爺思維仍緊緊鋪在海面
晃蕩

#收錄於《台客詩刊》第 33 期

攝影／臺灣語凡

伴

相伴
雲與霧山巔放晴
一波波
無法忘懷
彼此融合的輪廓
都是牽繫
從晨曦到晚霞

天已遲暮
相見如夢幻
走過的每一場景致
再三縈繞
一幕幕
如影隨行總不離
思慕

約

今生
不想斷離的緣分
容顏續勾勒
繪進未來的劇情
有著待續歸途
閃著此情不渝輝光

攤開往事
歷歷烙印已然年邁
風颭起荒蕪世界餘燼
燃起僅存餘溫
補上憐愛
攜手走完未竟黃昏

#收錄於「大紀元新詩園」

小詩四首 I

老人　一杯暖茶　一壺醇酒
　　　　喝彎了老人腰桿
　　　　酣醉了老人容顏
　　　　茶香酒濃　流逝了歲月

老農　他將春夢放進嘴裡
　　　　用汗犁過夏天
　　　　悠然地收起一地的秋黃
　　　　再慢慢嚼出冬窖的醇香

老伴　　一張泛黃照片
　　　　撲滿濃濃的芳香
　　　　古樸的靈與肉
　　　　渾厚似雋永的詩章

老師　　回憶一甲子
　　　　黑板的重音標
　　　　如雷貫耳刺穿腦際
　　　　僅記的是
　　　　老師拍落的雪花　碎碎

＃收錄於《台客詩刊》

小詩四首 II

傲　　　我不知道
　　　　要走過怎樣的命運
　　　　才算是抵達
　　　　曾經有人喜愛我的風景
　　　　可惜我的景緻太高傲

茫　　　總覺得
　　　　日子過得太快
　　　　能拿來連結的太少
　　　　夜裡常醉進白晝
　　　　很像在家迷了路

境　　　古稀
　　　　不是說話的時候
　　　　時段已然鬆垮
　　　　回首來時路
　　　　家變得更遠了

霧　　　一起掬起的漣漪
　　　　後來都蒸發成了霧
　　　　妳說妳在霧裡找我
　　　　聲音卻在彼岸迴盪
　　　　我的心開始起霧

＃收錄於《台客詩刊》

小詩四首

Ⅱ

作者本人登山之背影
攝影／山友

山中行

風起
陡坡更加傾斜
用勁攀上最後一塊嶙峋
陽光從遠處曳來黑鳶啼聲
和著蟬聲譜成一首詩歌

薰風
從林間竄出一片迷茫
蜿蜒的小徑是一張長毯
起伏著踉蹌蜿蜒著跌宕，兩旁
花草輕妝點綴著沿途遺漏的心情

飄零的雲緩緩游走
一株蝴蝶蘭凝視著
孤寂的疏影浮過清香
我，掠過妳的倩影
步出午後的跫音

#收錄於「大紀元新詩園」

山中夜影

日頭快到地平線
我還在山中
四周已無人聲
零星蟲鳴逸出孤寂　微涼

獨自身影將周遭染成淡黑
嵐霧繫來一份情誼
輕拂臉頰，囑咐
趕快下山脫離暗黑

夜幕漫漫
山不再青翠
加快腳步想抓住的那道微光
卻被最後的蟬聲給吞噬

風著上了黑衣
臉龐襲上薄薄的茫霧
快速心跳溫熱山徑的淒涼
頭燈掃射步履的驚慌

遠處的夜傳來
幾個移動的身影　定睛　獼猴
漆黑將空氣凍結於寂靜
伴著呼吸的時間在黑色裡流瀉

搖晃的頭燈
將沿途的草木擬成人影
曳著忐忑的夜色踽踽來到歸處 *
迷失心情　終於有了方位

#收錄於「大紀元新詩園」

＊
登
山
口
停
車
處
。

山
中
夜
影

山之癡

過去的夢
猶如登頂的陡峻
斜率是曾經的肌理
而擲入的千言萬語
已成山谷的回音

失去感覺的昨天
比起相思樹的黃碎花還碎
關於深情　關於關注
孤守樹梢的凝望，總在
枯黃裡看到枚枚的惆悵飄落

山徑旁的苔蘚
不知更迭多少季節
妳的明天仍是那麼遙遠
而樹鵲鳴唱了多少歌曲
我的思念依然青翠

妳偶爾遺忘在風裡的嘆息
常迴響成山的悸動
別質問山的癡情
是來自過去的左邊或右邊
我已努力將山捏回從前

＃收錄於《野薑花詩集》

山之癡

＊ 斜率是表示山的陡峭程度。一般是以三角函數的正切函數的值來表示。

午後車站

熙攘人群
雜沓腳步
揚起了相見喜悅
踏出了離別酸楚

紅色 LED 燈
閃爍著時間的繁華
和飛落的眷戀

這裡有俗世的相逢
也有凡塵的離別
都是時間與速度的
交會

軌道晃動聲
和著旅人飄浮心情
交織出一幅幅斑駁的
回憶

夕陽斜照車站
溢滿月台的情懷開始
泛黃

＃收錄於「大紀元新詩園」

午後車站

月世界

陡峭山崗野荒涼
土乾如石月反光

光禿陡峭　千溝萬壑
是祢的面貌，而
祢的鹹儉成性退卻了草木
惡形惡狀，驚艷了想像

祢厭煩世人的虛偽
袒胸露背 V 槽乳溝毫不掩飾
毋須飛行，失溫的煙火
將祢的千古傳遍世間

祢那尚未褪去的毛草
似有似無沾染一池春光
遐思在寒風中哆嗦
不在乎贏得，只在乎生命的吐露

雨中的泥濘　炙熱的乾涸
兩極的洗劫
無損祢摯愛生命的熱情
或許這都是祢的宿命

但我要讓祢知道
祢的佇立　我的踏實
腳下都是故鄉
都是無可取代的美麗

收錄於《台客詩刊》

月
世
界

匆匆掠過的風

從貼文掠過的風
掉頭遞來不經意眼神
樹葉影子隨風搖曳
影隙裡翕動的文字
有了一份喜悅

嵐霧散去
無法止息的澗溪
潺聲中留下一首詩
清遠蟬聲迴盪依舊
繁雜中墜落果實
不見初寒畏縮

攝影／臺灣語凡

臺灣情‧華語吟

裹起詩文溫度
走下歪斜階梯
伸進孤零腳步的陽光
聚攏跫音快速遞離
不再清晰的黑鷹啼聲
從山谷疾速而來

忘了年齡速限的步伐
衝進沉默山坳
粗壯樹幹痛醒身靈
只得重新檢視
心跳與年齡曲線

—— 臺灣語凡 2023/11/02

＃收錄於「大紀元新詩園」

匆匆掠過的風

攝影／臺灣語凡

古城的味道

張開薄暮
網住一枚餘暉
輕輕吻一下紛杳的腳印
喧譁在大街堆積
另一頭時間卻在展延
歷史的歸途

白鷺鷥默默的眼睛
是海岸的承諾
一波波翻浪底血淚秘密
任由星星眨眼竊取
和潮汐反覆閱覽，但
鯨靈的沉思與獨自依舊堅持

群鷹飛掠的舊事
颳起古城垣那灘血的記憶
海風娓娓道出遺聞
護城河的漣漪搖曳起
歷史的愛與恨
飄逸的城郭鹹味依稀可聞

#收錄於「大紀元新詩園」

平行的交集

在那心靈堆疊的日子裡
你我成為彼此的記得
我奮力爭妍；你勇敢抵抗
無非是讓人的尊嚴說話
安逸的山平順的河無法觸感

（平順安逸的一群喜愛倚恃強虐而居）

如果可以，希望
懷揣走過的印痕抵達共同的遠方
可可托海與高地日月潭水
雖然說不上話也無法彼此應答
可跌撞的瘡疤同是記憶的深邃

那些日子的際遇
你我也成為世人的記得，如果
能用記得做為彼此往後的對白
相信人性的光輝會更為亮麗，而
傾盆大雨百花齊開都將是生命的綻放

自主不是來自天分
終究要必須的經歷、必經的旅程
許多脆弱躲在依賴後面等待拯救
像怕見曙光的暗夜總是低吟自慰
畏懼光明底燦爛的詠歎

過去承載多少黑暗
如何偽裝雨季淋糊人性，相信
相信，傷口終會見光結痂
因為光永遠是無私的
你我都可成為我們想要的樣子
真的，都可。都可。

#收錄於「大紀元新詩園」

再生靈魂

在這繁雜的場域
一個盡是歧義的島嶼
想用鍵盤來導航
隨著認知的更新
距離越拉越遠
終究回不了初發的岸

一個想望的地
在世代成長裡生成
在這裡有我們最深的冀望
和我們再生的靈魂

PS. 我們無法摸透世界，但我們必需知
道自己靈魂安置之處。

#收錄於「大紀元新詩園」

合歡山脈

雨後初霽
凝青的合歡山脈
旅人帶著涔涔汗水
沿著山徑踽踽而行

風來雲馳　凝神遠眺
層巒疊嶂隱入蒼茫
斜坡草原映出翠華

微涼山容
從初秋的落寞中甦醒
叢叢箭竹在寒風中哆嗦
我展臂擁抱山嵐
它輕拂我的臉頰
撫慰我的疲憊

翻飛的雲朵在草原上
和大地玩起捉迷藏
而騰雲駕霧的嚎咷山風
正預告著
這片盈盈淨土是島嶼的瑰寶
不容糟蹋

我乘流雲翻過巒峰
迎向畫入的晚霞
與其同框
佇送霞光離去
揣想來到仙境邊緣
醉了

合歡山脈

作者本人登山照
攝影／山友

好漢坡

今早天氣晴朗
依樣踏著幽靜上山
小徑密葉篩下瑩亮
像灑開金粉閃閃爍爍
林間風語絮絮　晨霧漫漫
時有飛落跫音伴秋葉飄零
時有鳥鳴啁啾陪腳步起落
回首踏過階影迤邐蜿蜒
仰望綠隙天空依舊亮麗
踽踽身影在濃鬱碧蔭下
靜待他日
再覓另一麗陽

＃收錄於「大紀元新詩園」

如夢似幻的地方

長出盲點的執念
成為山搖地動引子
思想在蒸餾塔裡分離
絕對值框住的驛動思維
開始躍動飄移

從時間回歸的折疊思維
折痕已然褪色
七十年前插秧與寫字樣子
劃出默契界線，如今全款
生活模式仍無法彌合罅隙

優越　無奈與沉默
在光內的高壓爐裡攪拌
化成的命運行走歷史
吹過的風　走過的路
還是陌生疑惑不知所從

一頁頁被時間撕去的恨
還在風中呼叫
飛禽走獸常成筆端蟻蚊
吞嚥多少忍受才能完整？
遙遠想吞噬的咫尺
還有多少如夢似幻？

＃收錄於「大紀元新詩園」

如夢似幻的地方

＊蒸餾塔是利用沸點分離物質的
設備。如原油蒸餾為輕重油。
「全款」是華語的「同樣」。

47

年輕時的煙花

我走進山，山無語
我路過海邊，海微漾
樂山仁　樂水智
其實都不是
我只是愛上山的霧、海的浪
像極了年輕時的煙花

＃收錄於「大紀元新詩園」

攝影／臺灣語凡

自語的晨光

晨光穿過市集的喧囂
來到鳥聲啁走煩囂的樹下
晨走呼吸的遞嬗
將昨夜的惡夢滌清

此刻悲喜交錯的情緒
湧起了扶疏的樂音
貝多芬 7 號交響曲的激昂劃破耳際
飈進公園樹梢與晨曦互道早安

提早滄桑的我
跑道旁數著生命的點滴
看著草坪最後一片晨光曳上城門
而我的感覺只賸存在

回程路上一隻麻雀仰頭看我
是受傷的剩餘價值讓牠好奇佇足？*
抑或孤獨的黎明不再灑脫？
我將影子定格開始細數心聲

#收錄於《台客詩刊》

自語的晨光

＊ 車禍受傷。

我的詩在改良賽局模型裡

九年前
我將自己的生命 Update
從那天起我叮嚀自己
要好好珍惜時間
不可再弄丟它

九年後
我用詩註記生命履歷
每一段呼吸頻率
每一日食物卡洛里
都得以詩量測

再一年
十年一旬里程碑
得重新釐定生命存在意義
或許可與「延續生命」
一起考慮納入新模型

新模型
不再著眼使用年限
而在剩餘價值最大化
故而得考慮將人性參數
轉進賽局模型

—— 臺灣語凡 2023/10/14 寫于松屋

* 賽局理論（Game Theory）雖然是研究人類行為的科學，但因人類意識常受情愫干擾，所以不能以賽局前提——理性去建構模型。因此筆者與賽局理論之父——約翰·馮紐曼（John von Neumann）持不同看法，得將人性參數納入模型，否則我們永遠無法理解「人類為何要互相殘殺」。

杖

山路有風
頭頂有日
拐一個彎當她的杖
另一個彎她讓你杖

走不動時拄著彼此
手牽手
繼續走
像日月更迭

#收錄於「大紀元新詩園」

沉溺於時光的愛

某個夏季我和自己熱交換
握住 iPad，輸入難抑的驕傲
字詞在淺淺記憶裡游移
勾勒出一隻隻美麗錦魚
仰頭一顰一笑
我看到妳的嬌妍

偶爾想起帶笑星光
掠過妳臉龐時的黯淡
我會聆聽風鈴聲，探問
美的事物是否盡在寰宇
還是寰宇的美妍
盡在妳的顰笑

當妳的亮照著我
那一刻後心開始笑
在時光上游相伴的影子
遍尋溫柔與浪漫 冀望永久
無奈燃起篝火墜落寂崖
附和生活變成寞河

璀璨後的平淡
花兒依舊綻放 澗水依舊潺流
相依的溫柔卻在回憶中
漸漸沉溺 漸漸沉溺……

收錄於「大紀元新詩園」

沒有答案的同樣

他躺在北平路和平醫院裡
躺的姿勢和北京同仁醫院的
病人姿勢一模一樣

為了解他病況的概況
從他的端視圖*窺探：
心電圖、電腦斷層、核磁射影
像極複製人體

問他感覺如何
只說天邊的彤雲很紅很漂亮
同樣，沒有說哪裡不舒服
眼框卻一直泛出淚水

而我只能用大海的語言
不斷的用大海語言
企圖以海的涼爽消除歧義高燒
消除彼此心裡的氣候差異

離開醫院情緒開始膨脹
淚水，惶惶然淌下
同樣的天空同樣的土地
同樣的書寫，然而
卻也同樣的，沒有答案

#收錄於《野薑花詩集》

＊
端視圖：簡化的工程圖學。

走在藝術的山裡

春天走了
山上的蜘蛛攀上半空中張網
濃稠鳥鳴在旁伴奏
露水豐盈了晨光
我隨著風兒踽踽向上

放眼望去對山
一幅被美術館斜掛的畫
赫然眼前並以滑嫩肌膚彈上
雲端與黑鳶一起翱翔
拉回思緒，一陣鳥叫
想起掛畫短梯是否還歪斜著？

風兒依樣拂面而過
我順著小徑往和平的方向前進
翻過視覺藝術鞍部
來到貝多芬田園交響臺地
古典主義霍然躍出雲霓

回過神，枴杖觸及一顆掉落的芒果
撩一下滾到徑旁
繼續挑釁山的崇高價值
繼續沿著山徑蜿蜒而上
跫音中好像有一種。一種
超越性的永恆跟著。跟著

#收錄於「大紀元新詩園」

走在藝術的山裡

走味的城市

走在一個指北的城市
不經意的步伐
常被哀嘆扭成靜音
街道成為步履的一種探索

行道樹是建築物的呼吸
蹭蹬 踩空 踉蹌的意識
像騎樓的脈搏跌宕起伏
更迭的街頭，劇情已然凍僵

陽光將影像溶解再凝固
裡頭有還原的想像
有淚水的期盼，但
沒有更新繁衍的跡象

反覆看著標示
是尋覓標的或覓得歸途？
落地窗內的雕花正看著
外頭人影在蕭瑟的移動下風化
如乾涸的溪流，不再激情

放棄臉上表情的人們
濃妝　淡妝　憂鬱　緘默　甚至歲月
全部成為口罩底俘虜
統一在邏輯的路口進出

頻頻踐踏色調的觸角
總是失去歸屬關係
且被劃入一則癱瘓的函數
更多的價值則被強制或遺棄

解盲的桎梏
仍潛伏在按鍵的縫隙
不時探視字詞是否尚且嚴肅
縈繞在詩裡的點慧終於躍出：
繁殖更多的曙光

#收錄於《人間魚詩生活誌》

走味的城市

走進另一座山的那天

走進另一座山的那天
山徑土石開始長出青苔
蔓成一條更大的淒涼
思念的葉子躲進背包
馱著恍惚的雨

整座山如此安靜
聽不到昨日的聲音
我思忖著缺席的變數
又不敢告訴風兒
孤獨的心也懂痛楚

妳若開車，聽到
擋風玻璃斷斷續續滴落的雨聲
那是我寄給妳的語音

#收錄於「大紀元新詩園」

制

夜黑不可怕，冷漠令人寒

路過山徑岔路
妳像地圖
跟在後頭的我
只能依循

攝影／臺灣語凡

容易變臉的山　　　　　下了山谷進了山屋
時雨時晴　　　　　　　對坐木桌，
背著妳的情緒　　　　　時間像似戰場
一坡過一坡　　　　　　妳抿嘴角落我嗅到煙硝

頭燈晃照腳前　　　　　後記：登北大武鱗爪，回憶
冷冽畫開妳我身影　　　誌為小詩。
充塞其間的沉默
凝重了步伐　　　　　　#收錄於「大紀元新詩園」

抽象的魚

影像來自海的味道
海水在蒸發　天空在蒸發
留下來的心跳和呼吸
監督著體內那尾未游走的魚

微甜的金色緊縮起午後的網
網目是生命的窗口
得意　快樂　沮喪　失敗　落寞與愛
成為填充咽喉到腦門的音符

水聲穿過長滿慈悲的魚市場
刀刃在血肉翻尋那絲絲的愛
終於，有眉頭皺起命運的刻畫
搖滾音樂也揚起頗富腥味的情感

一切都太接近了
水與魚　軀體和真理　愛和刀俎
在陽光未收回晨露的承諾前
意志與命運都已結成種子

如果所有的明白
都是一種抽象的遙遠
那麼長滿螞蟻的思想，就不需
喊出「我們都是有愛的魚」

伸手可及來自天空的積習
總是唱著開腸剖肚的腥腥之歌
而那曾經最富教養的殘忍
味道一直在撤退的市場綿延

沾染過血腥的幸災樂禍
幻化為朵朵慈祥
美麗的齷齪
也從仙人掌翻身為高貴玫瑰

雨，不再訴說故事
雲，也不再傳遞訊息
只有天空還呆在歷史裡守著沉默

收錄於《台客詩刊》

抽象的魚

攝影／臺灣語凡

放下

心打開的時候
陽光變得很亮
突然想去一個地方
只是好像也忘了
怎麼去到那裡

假如一年四季
都有妳的故事
那就飛去極地或赤道
沒有四季的地方
做些自己想做的事

魔戒，二月三十日
什麼都可能發生的日子
就把這一天留給自己
用格里曆思考 *
放下的身影如何合（畫）十

#收錄於《台客詩刊》

* 格里曆（Gregorian calendar）由義大利醫生兼哲學家阿洛伊修斯·里利烏斯（Aloysius Lilius, 1510-1576）改革儒略曆制定的曆法，由基督教在公元 325 年最初使用，教皇在公元 525 年指定耶穌基督的出生年份為公元元年，亦稱為公曆。

放下

沸騰的島嶼

一起缺席的過去
在極端卑微的顏色裡
幻成一種沒有邊緣的色差 *
亂了光譜　模糊了經緯

彼此的溫暖與懷疑
無法聚焦在同一個光軸
臉上的晴空，有時
也會飄起淺淺的細雨

嫉妒是覷覦的女巫
一抹抹黑夜囈語
畫出一枚枚白晝指紋
散落在迷茫的壑谷，淒涼

無法靠近的光線
總在露珠純淨的奢望下顯現
一朵貴族庇蔭的牡丹花
終成一縷枯萎飄落蕨草葉上
被赤道揉成灰燼

炎熱將文字烙出疤痕
浪漫讓陽光投影失真
汲汲進化的回憶，仍
無法浮起這座沸騰的島嶼

#收錄於《人間魚詩生活誌》

＊
是指光學上透鏡無法將各種波長的色光都
聚焦在同一點上的現象。亦即光譜上的每
一種顏色無法聚焦在光軸上的同一點。
在成像上，色差表現為高光區與低光區交
界上呈現出帶有顏色的「邊緣」。

沸騰的島嶼

阿猴，朝陽城門

城門上頭髮已修，朝夕催人自白頭。
球將祢擊出界外
祢站起來不哭
吆喝的叫賣聲邀祢再入紅塵
祢不為所動佇在原地不動
磚紅色的衣著依然蕭穆
現代緊箍咒沒有放過祢
將祢濃密的樹髮剪掉
再將風雨灑在祢臉上
還好印堂的刺青──朝陽
尚斑駁可見
可曾記得時間的前頭
在祢髮根翻閱歷史的囡仔
他沒能青春永駐
只能皓首蒼顏來看祢
祢毋須回憶
是紅塵的繁囂讓祢不語
還是祢的語言沒有聲音
如果是這樣
下次來前我會先學好手語
當然我會再告訴祢我是誰

#收錄於《台客詩刊》

位於屏東市中華路旁的屏東
公園內的「朝陽城門」
攝影／臺灣語凡

＊
1 屏東市原本為平埔族阿猴社的故地，舊名「阿猴」或「雅猴」。

2 清道光十六年，清政府建造此「朝陽城」。（即1836年，歲次丙申⋯漢人於康熙四十二年1703年，開始入墾阿猴社。）現在只剩東門（在屏東公園內，周遭是市集）。筆者在60年前，常攀爬上城門，坐在榕樹的盤根上看書。（榕樹現已剷除）

3 剪掉長髮的阿猴城門更年輕，但筆者卻垂垂老矣！

雨的致候

那年那夜織出的情節
至今除了稍微浸濕外
並沒有新的斑痕
依樣可以包裹幸福

可以丟失的東西
何必那麼在意它的等待
見不到陽光的山坳
伸出頭影子就不再孤單

記憶讓妳擁有一座山
孤獨浪聲喚醒我的方向
小溪滾滾的諂媚
再也無法將我擱淺，往日
臢下輪廓已做成標本存留

有雨的日子或許會提前起霧
但我會靜靜希冀，在那
多雨的夏日願妳旅途悠長
請攜好高山汲取的空氣
那是不會再多的稀有

昔日的快樂勿須更新
生活節奏已呼出綠色氣息
好好呵護，也許，也許
我們會擁有共同的天空
在那只有祝福沒有投遞的地方

#收錄於「大紀元新詩園」

雨的致候

雨過天不晴

唱一首歌
吸進一口陽光
然後，像一隻小蛇
緩緩攀上那座驚喜

走下道歉階梯
生命已到了秋末
再吸一口陽光
初冬拂過臉龐　微涼

夜裡擁抱的人
不再說幸福謊言
像山與海
毗鄰　眺賞　無言

下了夜
又像一隻蝴蝶
想尋回失去的蜜
惟鼓動翅膀啟了顫抖

快樂過期
雨有數不完的淚
但哭完後　尚滴
平凡進了冷房　靜寂

#收錄於「大紀元新詩園」

雨過天不晴 ——

攝影／臺灣語凡

青山風涌千林醉

風遶著青山的翠綠
緩緩偎入衣袖
與汗水一起品嘗清涼

山依然靜默
樹也只輕輕揚起掌心
陽光循著潤溪的聲音
像似找到知音
灑下溫暖的叮嚀

霧不知何時占據風的舞台
不須瑰麗的布景
快速更換的情節精彩迷離
時而猿啼亂水聲
時而鳥鳴露石淨
成為登山者沁心滌累的靈浴

風載著山的話語前來，所
傳達的訊息都受過芬多精洗禮
我只是一個走山人
想要尋幽探秘
自己上山尋覓

＃收錄於「大紀元新詩園」

75

南瀛運河

迎風漫步河畔
一襲幽情細數著運河的記憶
輕風浮現船溜影像 *
娓娓訴說著海關 魚貨 製冰廠
等的喧譁與風華

安平追想曲的音符
再度揚起紅毛與黑髮的情緣
盞盞昏黃路燈
連綴成一條璀璨的時間長河
沃潤著歷史的點點歸程

倚在安憶橋頭 回望魚兒
將廝守的美景帶往出海口
倒映在粼粼波光的月影
擎起昔日情緣一起柔媚河岸

臨安橋上川流不息的人車 *
以一種急速流動的曲線
勾勒出城市的傲然，一股
值得靜默品嘗的歷史脈動
正從南瀛大海，出航

時間在沙漏裡翻轉
進化的運河，循著
時間的軸線繼續描繪著南瀛

#收錄於《人間魚詩生活誌》

南瀛運河

* 船溜：古時卸貨碼頭。海
關、魚貨、製冰廠等是當時
碼頭人頭鑽動的聚集點。

* 臨安橋橋樑採帆型橋塔的斜
張橋方式設計，由於優美的
弧度造型相當引人矚目。

思想起的稻埕

放下身邊鋤
咽下所有的累
你沒有種過田
不須裝可憐

汗水的鹹
不是你配給的鹽
是苦是悲
心頭已有點滴

農民的飯如此狼狽
季候都可以攪餿
伴酒的星星
偶會眨下幾滴淚水進杯

慢慢體會
悲苦的邀月碰杯
太白酒不須完美
宿命已將稻埕夜包圍

再倒一杯
晚風泛起寒意
酒杯不會認命
只能飲下陣陣的無奈

赤腳的夜
無法想像皮鞋的亮光
將瀟灑放進夢裡，讓
輕風拂過醉意更迭繁華

收錄於《台客詩刊》

＊
〈思想起〉源自南臺灣恆春
地區的民謠，旨在描敘單調
而辛苦的農事和寂寥的情
緒。當時（約民國四五十
年代）的軍公教雖也清苦，
但有米麵油鹽可配給。而這
些小農流那麼多汗和淚，只
能吃到地瓜簽、地瓜或少數
的米。
太白酒是民國四五十年代窮
苦人家喝的酒（有桶裝、瓶
裝）。

79

故人

走進大雄寶殿
千燈如晝
木魚聲念念不休
執手承諾義昭天地

日出月落映照
一路山河
滿腔炙熱訴說依托
赴湯蹈海銘刻桃園

無畏天地　崢嶸山海
永遠有我不二追隨
執刀劃忠誠
寫得殷紅棠豔

明月又溜起闌珊
醉窗點亮多少夜空
不相襯年代
可還有漫天雪飄？

遠處是距離的造景
呼吸就想起你的離去
時間是浪，我們
是無法靠近的兩岸

＃收錄於「大紀元新詩園」

故人

過去總是被記憶綁架

開花的浪濤
捲走看海人心情
藍色漫過憂鬱山巔
翻過山的風
巡守清單裡頭
有妳我並肩足跡

記憶是掠過的風
緊緊封住山岫秘密
高繞，一段高一段低
新的風循著舊跫音
風聲與心聲交換音符
在足跡裡描繪故事

不曾歇息的步伐
總是和空白時間接軌
「吹過妳吹過的風」 *
「走過妳走過的路」
疲憊繞著妳的曾經
累撐起了獨自與存在

濤聲充沛的午後
陪我的太陽漸漸遠去
那份酡紅　那份羞赧
曾是顫慄的幸福
我只能　只能張大眼睛
容下礁岩攪碎的浪花

#收錄於「大紀元新詩園」

*
「吹過妳吹過的風」與
「走過妳走過的路」摘自
「聽聞遠方有你」歌詞。

春雨的憂慮*

外面春雨綿綿
屋子裡只有不哭的痛
唯二還懂的是
幸運之類
關照之類，至於
顱內淤血，自我吸收之類
端視體質
能否承受和消弭

住院期間
窗外小小白雲
載著我四處神遊
惟東山寺和聖教會
（佛寺、教堂）
沒有心鑰可進入只能觀望於外
很想找回那把信仰的鑰匙
讓一切事故都可預知
不再將擔心丟給妳

雨勢漸大
很想成為妳身體的一部分
但需先把痛抽離
一副妳可以放心擁有的身軀
只要妳願意妳也可以
將無病無痛的身軀
看成一幅風景
痛的部分，
我會留下慢慢自我消化

#收錄於「大紀元新詩園」

＊
此詩寫於車禍病床。

春雨的憂慮

盼*

步伐曳著影子在時間的
隙縫裡迤邐成三步曲
陽光拿走的血汗
被灑在流淌的生命裡
涓滴似草似花

山變成了生命點點滴滴
季候的未來，誰知？
氣吁反覆堆疊，獨累了手杖
風嘄狂妄，是誰驕縱？

山還是面無表情看著海
黑鳶依然在四百年風場裡盤旋
嗚咽海螺，許是憂傷？
興起浪頭的那端，將
成為島嶼新斷代史濫觴？

山上的我望著成為主人的祢
汗與血終於有了自己的風景

＃收錄於「大紀元新詩園」

臺灣情‧華語吟

* 島嶼三部曲：殖、託、自主

秋分領起臨冬迷濛

秋分領起臨冬迷濛
林間晨曦看不到佝僂的形影
寒露匆匆立在
不算尖銳的草叢上

旭日篩過樹梢暗黑葉影
一個個塗成今日笑容
秋涼轉換的心情
以會心知曉

歲月串起粒粒汗珠
猶如弄皺的臉龐
日頭慢慢擰乾林間潮濕
讓藍天擁發綠地成詩

海不再那麼藍
天也不再那麼憂鬱
老念頭在詩裡更新了意象
曳著陸地的心
終於明白臨冬迷濛的真實

#收錄於「大紀元新詩園」

背叛的光

背叛自己的時間
背叛自己的愛
甚至背叛自己的將來
不是想更迭繁華的瀟灑
而是在乎飛落的塵緣

留下一個逗點
續寫未完的故事
拾起一個啟發
曳引故事成為世界上
最容易讓人上癮的嗎啡

時局不會在乎我們的心
躺在西太平洋海灘
朗朗日光依舊眷顧浪濤
走出藍天的疲倦，依樣得
到翠綠的田邊休息

寫我的詩　等妳的清晨
是昨夜的承諾
高速鐵路說要做跨海承擔
成為陸島的宅急便
情結漸漸譜起星球音符

爭議名稱像一個預言
一直懸掛在岸邊的波濤裡
將時間拉得細細長長
卻不見雋永的螺聲
波波預感成了波波幻滅

天邊那輪落日，再次
隨著漫不經心的痛苦
慢慢　慢慢沉入海裡
拉開窗簾的房間，在
微光中襯出日子背叛面貌
我的詩在塵埃裡飛揚……

—— 臺灣語凡 2023/10/13 寫于松屋

背叛的光

致臺灣

資訊堆滿了陸地
溢進海洋部分
開始噬咬海中生態

請來 AI 整頓
數量龐大、種類雜複
無法使用古典位元處理
AI 請出協約廠商——量子協助

0 或 1 的位元轉換為 0 和 1 位元
需要絕對零度的量子電腦
西太平洋一個島嶼，一台
複雜而穩定的量子電腦誕生

基於生存的必要
大西洋 印度洋及太平洋東岸
積極尋覓量子運算祕笈
「或」與「和」的轉換碼
島嶼捷足先登予以定序

島嶼外的陸地人
積極發動「深度學習」
世界軸線漸漸位移至
北緯 23 度 58 分東經 120 度 58 分
夕陽斜照量子晶片
朝曦昇起多模態分析儀

從玉山俯瞰淡水河口
微觀量子漾起了粼粼波光

——臺灣語凡 2023/3/13 寫于松屋

＃收錄於《野薑花詩集》

倒風故事館*

牆形櫛櫛斜，浪態迤迤好

風倒回潟湖
60個世紀，湖能圍成幾個海？
晶化的眼淚，櫛比鱗次
可成大員幾座城堡？〔大員：臺灣〕
豎起貝殼的耳朵，我再次
踏進倒風潮汐聽風兒演奏
鰭刺湧到時間甬道列隊
等我淚溼的步伐，前來

1719秋祭
西拉雅的少女情竇，與
羅漢腳在鳥語花香下
初開了紅毛仔的紅酒〔紅毛仔：荷蘭人〕
融合輝光映滿了蘇荳港
時間在時光列車上疾速倒行〔速度高於光速〕
三世紀前的鮑螺
依舊在潮間帶的岩屋等待
沉重停滯的淚溼步伐

古航道旁的柚香，將
今昔撮成一株白柚樹，佇立
在時間渠道旁，注視著
演進的花開花謝，夕陽
勾起潟滷走下黃昏的臺階～
我踽踽潟湖潮汐

收錄於《全球華人網路詩選》

倒風故事館

*

臺灣400年歷史的演進與南起
七股潟海（台江）、鹽水港、
麻豆港；北到八掌溪、急水溪
等沿海的大海灣（大內海）以
及原住此地的西拉雅原住民有
著密不可分的關係。其中已逾
300年歷史的洪祖廟（原名尪
祖祠，原民為紀念漢人尪婿
所建，原民為母系社會）更證
實早期漢人與西拉雅族在此內
灣兩畔混搭生活（東麻豆社、
西蕭壠社）以及荷蘭人統治時
的漢番生活型態。想進一步瞭
解臺灣歷史及內灣形成的沿革
可參觀此故事館。（人群約於
6000～7000年間即進入這塊
土地居住；全新世中期，有中
央研究院考古事證）

家的沿革

被吞噬的年代
島嶼是煮熟的蕃薯
除了果腹只有淚流

唱片被禁止復刻
書籍被篩檢販售
但多種方言在市集流竄

前仆後繼的英靈
終於拼出一道曙光
百年暗泣的長工
總算掌了家計

無論顏色怎麼調
已定調的家
不能再重流歷史的淚

#收錄於「大紀元新詩園」

島的悲喜

來到分貝低落的澗溪
寄放的言語
仍在澗石上迴繞
一閃而過的美麗
像彼時有愛的潺聲

剖開山林哀傷
石岩罅隙雖有理解天光
但擁擠城市，總想
用微分擠進量子躍遷到
另一個更多的自我

多麼想離開這座
不被世界疼惜的島
口頭百般讚好，心裡
卻不認同這裡所有的家
望向天盡是憂傷眼眸

寫完詩丟進詩裡是自己
煙火　咆哮　血腥
如敘述黑色夢境
一個一個蝕入腦中
崩陷仁慈　哀嚎軟弱俱成宿命

聯想是一張網
揣測　洞悉，
不如讓彼此以名分說話
不懂島的悲喜 *
就不要管島是悲是喜

#收錄於「大紀元新詩園」

島的悲喜

＊
末兩句是引用〈深夜的酒〉
的歌詞。

破曉山林

像似
一種懸念趕在黎明前
為灰暗的山林　揭曉

有點冷
孤獨帶著斜坡的冷峻
細細看著靜默芒草
裹著與昨夜星辰一起繾綣的露珠
閃耀　羞澀

抽身的步伐
依著山徑的慣性
穿梭在枝椏縹緲間
泛白的天色推開了煙霧的迷離
旭光也點亮了莖葉的脈絡

到了山頂
初醒的夢帶著高度的美感
眺望一起入夢卻錯失知曉的靈魂

#收錄於《人間魚詩生活誌》

祝福

回到單一視界
適合兩者句子不再美麗
畫過的地圖也縮小了
只剩幾個孤零
佇立風中望向從前

對折再對折的愛
比起歲月更加無情
久別的攜手
可還存有擁抱溫度？
下雨了，希望妳愛得更好

猝不及防的快樂與否
像神槍手，一槍中的
日子從此癱瘓
不是軟弱 不是勇氣有無
是景深耽擱了復原

窗明几淨可還日常？
我的景致可已移除完竣？
之前疊好的詩作
就放進碎紙機讓它一路好走
山巔那縷嵐霧已代妳道別

夜已深，顧好新風景
我會用誠摯祈禱與妳連絡

＃收錄於「大紀元新詩園」

祝
福

記憶的澗石

冬天過了笠頂的山頭
踏著初春的微曦
再次來到山麓與
長滿鬍鬚的山徑會晤

坐在乾枯的澗石上
那年夏天澎湃的澗水
開始在體內蜿蜒流竄
盪漾衝開了苔封的記憶
時間也隨山風緩緩飄向遠方

那是一個
連陽光都無法偷聽的下午
炙熱的午後
生命像被太陽烘培過
成熟翼出了羽毛
拍動的聲音
從激情的水邊逸開
心情也框進了風景
記憶的澗石
記下了每一個句子

#收錄於「大紀元新詩園」

迷失的山徑

疾雨，精明山嵐
翻開背包尋找棲息
已解開的巧克力
露出微笑：記得我嗎？
善良不耐麻的香蕉：
我的卡洛里雖不及它
但我有期限的真情

被風颳落的綁條*
差一點飄進歧路
山神用意志考驗記憶
迷路身影停下腳步
慢慢回想過去歡笑曲線
但雨已將曲線泥濘
得擎起樂觀摸黑前進

單溜夜色　風涼星寂
林間的「天涼好個秋」
沉重了幾聲猴鳴
微澀月光照出步伐悔意
以返回三十年前勁道
履過稜線蹬下斜坡，抵達
山麓早已忘了濕透倉惶

　　── 臺灣語凡 2023/10/4 寫于松屋

迷失的山徑

＊　綁在樹枝識別岔路的字條或色條。

迷茫

我的老說：
昨天走到今天累了
我說，
沒走完沒有權利說累
提起背包繼續往累走

觸摸的愛漸漸老去
老天飄落白髮一年比一年冷
我的白髮也一年疏於一年
老，成為日常，但
天空仍數著白堊月曆

浪漫是時間漣漪
悲秋傷春綜合蜃樓美麗
歲月折起佝僂春天
仰不起的探戈弧來弧去
終成一團沉寂等待

濕雨的城市
星空點燃一片細節煩憂
久遠記憶想覓回幾許年輕
被刻劃的靈魂只能望影徒嘆
58 高粱已化不開眼前迷茫

#收錄於「大紀元新詩園」

閃爍夜空

我的血液
蘸有株式會社糖分
以及之前黑水溝海鹽
甜鹹之間，也
攪過島嶼赤腳西拉雅
看過廟隅屈膝羅漢腳
合體的威武勇敢，

卻在二二八人文大浩劫
及白色大泛濫後
說文解字只剩一種：
蓋頭式的萬歲
如今島嶼有了
新鮮空氣和自由氣氛
有人抬頭
有人俯視
說「同」字被隔開不應該
應在泅回黑水溝
將狹長海道彌合
讓時空重回白堊紀，讓
血液重植秋海棠，如是景象
只能想像，只能想像
夜晚星際的閃爍

收錄於「大紀元新詩園」

閃爍夜空

國華街來去

走在沒有政治的街上
一個小小的信任
讓人群錯落有致
斑馬線和紅綠燈也總是
果敢點出：走與停

夕陽西下人潮湧進國華街
富盛碗粿　金得春捲　阿松割包
張大眼等著客人青睞
我信步來到邱家小卷米粉
人潮已擺成一條巨蟒

或許平靜帶點憂傷
是生活無法避免的本質
一道折起燈光的閃閃眼眸
從角落邊投射過來
定睛一看心臟像爬山咚咚作響

走出店家，街道
在加速步伐裡變得越來越窄
思緒開始敲打已經蓬垢的私秘密
仰頭望向天空，
洗滌過的傷疤再度重現

月色如往常一樣柔和
境遇卻跑進靈魂安放迴圈*
一瞥的驚鴻，
撩亂了國華街的完整

——臺灣語凡 2022/8/27 寫于臺南

#收錄於《台客詩刊》

國華街來去

* 迴圈是一種常見的程式控制流程。是一段在程式中只出現一次的程式碼，但也有可能會連續執行多次的程式碼。

掉落的碎語

死而復生的幻想
極速冷凍
現實的現實不再現實
放進 AI 成真

杜撰認知的劇本
縝密修辭
放入鍋鼎沸騰再沸騰
蒸汽引成呼吸

吸進極濃空氣
化成極重文字
日晒風吹晾成隱喻
遊走善意惶惶不知所措

沁出額頭的汗珠
宛若成詩米粒
下土萌起驚懼的豐收
落日蒙上淡淡傷懷

框上美麗的語言
推心置腹海鷗與彌猴
興高采烈掉落一地碎語
裂聲劃破靜寂

　　　　──臺灣語凡 2023/9/13 寫于松屋

　　　　　　＃收錄於「大紀元新詩園」

掉落的碎語

推開窗

推開清晨窗戶，細雨
拎來玉蘭花香，風吹
半老裙襬揚起徐娘的婀娜
曼妙舞姿依然風姿綽約

推開黃昏窗戶，夕照
從雨縫溜進書房，與
古籍書人唱遊歷史古蹟
觀世音菩薩在頂樓和音
唱遊聲，猶如梵音不絕於耳

推開夜晚窗戶，夜幕
嬌羞地退到輝光的邊緣
看那躍動的絢爛
卻不越雷池一步
這是光與夜的承諾

我推開窗戶，迎向
風中的一個想望
靜待妳溫柔的眼眸，共舞
日落月升 晨曦黃昏的探戈

推開窗戶，風成了永恆的音符

#收錄於「大紀元新詩園」

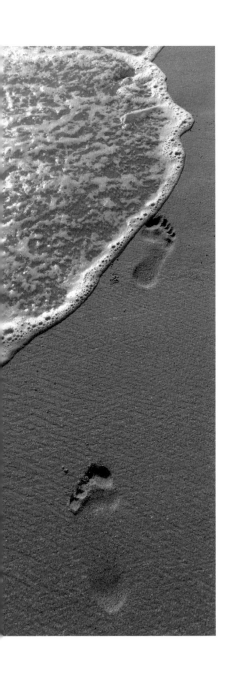

淡、忘、放

彼此的天空
失足跌痛
共擁的北極星
已無共同的輝光

爾今爾後
山與海的喜怒哀樂
不再有關連
未來日子也勿須占有

一些生活躁動
擺在海角等待回收
記憶被封存前
讓我們將剩餘快樂拉長

或許活的意義帶點憂傷
喜歡與討厭各自安放
讓日常依然起落
讓循環成為適應

走過時光　淋過汗水
著墨濃稠　色調勻否
均不須在躺下草地──在意
風和雲從沒丟下任何心懷

滾燙汗水是腳步的
與風的輕拂無關
懷揣皚皚冬藏，
不如觀賞眼前綠意──實在
過渡已過　果敢在前
再刻骨銘心終得放下
善待過的世界讓它繼續義無反顧
停下腳步審視一下自己
再前進未竟

多少心碎　多少響往
就不要再放進
自己都不想回望的記憶

光腳山認識　裸身海知道
留下善良貝殼，
餘的，就和沙灘徜徉吧！

傾盡的遠方已達
最好的自己也已呈現
撫摸過的人事物
如雪飄沁涼　浪濤濕鹹
滴滴片片都是生命的過往
該忘也該放了！

#收錄於「大紀元新詩園」

淡、忘、放

甜之苦

記憶裡初高中的春夏秋天
得跟著阿爸的汗水
及家裡冷凍機唧唧聲
將稚氣笑容凝華*1

前製冰棒冰淇淋　後製冰塊
門口排滿汲汲營營的叭噗三輪車*2
別人家是夜來閉門牖
我家是日夜皆大同*3

子時　人客稍解
阿爸開始享受碗公的米酒
我則順著他的滿意排數 Money
「阿爸！今仔日收 1,150 元」
好啦！提去和你阿母，啊去睏！
等一下，叫你起來「道出冰」*4

生命裡，苦澀將輕狂淹沒
腳步，從家裡到學校　從早上到夜晚
都是薄冰上的顫慄，雖然
家裡充滿甜甜的冰筒　冰棒　冰淇淋

還有那些晶瑩剔透的夢魘
就像偷走阿爸慈祥的勞累
一直都在我苦澀的甜味裡翻攪

如今回憶
阿爸一生製造的甜味，正是
我這輩子最難以忘懷的苦澀* 5
就像他緊皺眉頭的臉龐
永遠永遠銘志於心～

*1 凝華是指一種物質從氣態不經過液態直接轉化為固態的過程，是一種物態變化。也是一種放熱反應。常見的例子有結霜。

*2 叭噗三輪車是早期販賣冰品的流動車輛，前兩輪後一輪。

*3 因冷凍機日夜都在 Run，且販冰者也有自備冰料來店租冷凍槽 DIY 冰品。（多數向我家批購）

*4 道出冰：是我初高中的夢魘。製冰塊有時間限制（阿摩尼亞凝結，超過時間冰會裂開）所以需搶時間、需人手。我是爸的單丁（上無兄姊、下無弟妹），道出冰是責無旁貸的工作。（均在夜裡）

*5 60年前在晝夜不分的環境下陪著機器聲（24hr）和販仔的吵雜聲長大，記憶特別深刻，雖然天天接觸甜品，卻沒有甜的感覺。

阿爸 ē 冰店

彼是民國 50 年仔代誌
彼時陣我拄好袟讀初二
會記得阿爸挈著工廠登記證時
天變成特別青　風嘛敢若特別柔

毋知是我毋捌命運
也是命運毋捌我
冷凍機仔二十四點鐘運轉
皮帶帶來五音不全仔歌聲
從此日子綴著惡夢一場一場來

工廠佮厝合做伙　機器 24 點鐘毋停
冰角、枝仔冰、芋冰，太空冰
冰呷我仔頭殼攏毋知仔寒抑熱
阿爸佮我伴著機械佮暗暝
毋暝毋日佮時間　佮身體拼趁錢
父仔囝晚時，分
上半暝下半暝睏椅條顧機械
（合併兩僚椅條做臨時床，老式機器冷凍油會耗損
袟使低於安全刻劃；轉輪皮帶會溜落，要注意鬆脫）

有時陣月娘會來探頭
看我憂頭結面有卡好無？
有時陣嘛會替我流目屎
落一點仔毛毛雨安慰我毋通哭
毋兄 毋弟 毋姊 毋妹
孤單一个伴著老爸做生意

天啊！別人咧做功課
我咧顧阿摩尼亞佮皮帶
半暝佮老父合力出冰
（由鐵桶挈出冰塊再灌水，有時間限制）
日時幫忙運送冰角供給飲食店

我穿仔校服，不管是
初中也是高中攏是阿爸仔笑容
所以下課我攏穿校服
踏三輪車送冰角，因為
阿爸愛聽別人呵咾伊仔後生巧

六十多年啊
我的阿爸已經做仙誠久啊
毋知影伊佇遐有閣開冰店無？愛我鬥相共無？
我真正誠想伊，想袂去揣伊
但是閣驚伊罵我
　　　　——臺灣語凡 2024/6/28 修寫于松屋

這個地方不再流血該有多好

血汗滴成的鳥語花香
河水的混濁
流過南管絲竹的音符
響盞 叫鑼的鑼鼓聲熟透水稻田

摘一葉芋葉
田埂上喝一口茶水
小溪旁靜聽祖先的潺潺寒暄
這個地方不再流血該有多好
平靜的土地
我不敢再凝視歷史的血漬

天空特別藍
阿爸說阿公有交代：
這樣的天氣囝仔人愛有耳無嘴
雖然庄下離都市離真遠
但是，天色攏全款

讀冊是阿爸給我的任務
伊講，你要讀冊才會出擢
遠處又傳來鑼鼓聲
那是阿爸最喜歡的風景
這個地方不再流血該有多好

五音在稻田流盪
我的淚水在阿爸影子裡滾動

＊
出擢：出人頭地。
攏仝款：都一樣。
響盞與叫鑼是南管演奏的樂器。
五音即拍板（一種控制節拍的
打擊樂器）加上琵琶、洞簫、
二弦、三弦等合稱。

通膨的利得與淒楚

Covid-19 還在塵世流竄
俄烏戰爭即震碎能源雪地
淨零碳排，箭在弦上
大挪移的板塊開始傾斜
贏家、輸家盡在轉身速度裡

通膨與升息兩隻怪獸，在
人性貪婪樂園裡玩起翹翹板
上下間，技藝前端者
著地撿拾成果
打高空者，則隨風煙消雲散

資金在全球定位系統
覓尋高端人力和高端產品
澎湃晶圓大洋，開始在
人文地理和自然地理間激盪
形塑一幅政治與國際地緣
玉石擲出波波美麗漣漪
擴散到每一個人視線裡

CPI 興起了通膨浪潮
銀行、企業蹁躚舞起轉嫁探戈
裝可憐的老闆還在其，
長期固定利率的淺灘裡喊救命
眾多臨秋張羅學費的落葉人家
只能在颯颯風聲裡唱著
「關關難過，關關過」

球體自轉、公轉
永遠轉不出人類的貪嗔
二隻腳的勞務和四隻腳的資本利得，
也永遠找不到基本的立足點
良性的晴朗和惡性的雷雨
總是在上帝與魔鬼間交錯
通膨的利得與凄楚
隨人間氣候翻滾，被翻閱
卻也一直被忘記

——臺灣語凡 2022/7/18 寫于松屋

#收錄於《人間魚詩生活誌》

* CPI（Consumer Price Idex）消費者物價指數。它是反應一個地區與居民生活相關的商品和勞務價格的物價變動指數。

速寫高雄亞灣

站在很年輕的草皮
看到很年輕的廣告牆
底部是海洋上頭是藍天白雲
很紳士

輕軌走過灰色的港灣區
叮噹一聲
輕輕劃過海天之間
曳出一縷幽微的舒暢節奏

馬路很寬，盡頭是海
很藍　很謙虛和岸邊綠樹
一起迎向天空的慈祥
海鷗拉開岸邊的窗簾
讓陽光飛過湛藍

駁二特區綠草如茵
藝文倉庫林立，惟
病毒稀釋了波浪的洶湧
海風只能曳著稀疏的人影
掠過午後的輕輕

浩瀚心量　靜納潮音
此刻，海與詩有了最美的遇見

#收錄於《人間魚詩生活誌》

速寫高雄亞灣

勞資

隆隆聲轟滿廠房
凄凄聲溢滿鍋爐
蒸汽在廠辦間逸散
聲音和對話織成一副動畫

利潤是看不透的影子
合理分配在良知的背後
看不清　摸不透
常成勞工訐譙季候

偉大的老闆為什麼要學壞
拿掉同理心製造勞人辛酸
難道這是
獲利的必要
宿命的必然

仲裁者更妙
叫力量懸殊雙方上擂臺比試
結果鼻青臉腫固定一方
悲傷流動也僅於單方
沉痛和喜悅
不是共業也不是共榮

日升月落盆栽裡的勞力樹
依然趴在無奈的泥上

收錄於《人間魚詩生活誌》

臺灣情・華語吟

港邊秋夜

秋雨剛歇的夜晚
我悄悄用足音敲擊船舷
安撫困居狹窄的寂寥歲月
想剖開我整個季節的心事
是妳從遠方派來的斥候
冷雨沒淋熄的星光
許多雜沓翻飛的往事
灼亮了更多的星光

驚醒蜷臥的防波堤
閃爍秋波
記得妳伸手捉住一只濤聲
不經意攪動了整個漁港的靜默
港灣波動起久夢初醒的薰風
雨尖銳打在我身上
桅杆的燈拂去所有的哀傷
孤獨被置入沉默船艙
挺起腰杆拾起妳的曾經
將溫柔輕輕擁進夢裡

#收錄於《台客詩刊》

1664 年
福爾摩沙原民長老會議，因
祢的名聲引來周遭漢人汲汲營營
從麻豆 蕭壠 新港 阿猴等地走路
來分一杯的羹*
（統治者分發權仗給各地長老）
物換星移
土地的主子——原民和祢
卻一起走入歷史成為遺址*
（17 世紀前台江內海周遭土地主子
是西拉雅原民）

* 赤崁樓前身為「普羅民遮城」是當時統
治者——荷蘭人向新港社區的西拉雅族購
買土地興建的城塞（1653 年完工，含臺
灣市街——安平區延平街及赤崁市街——
民權路；前者當時是相當繁盛的商業街
故有臺灣第一街之稱）。是當時臺灣行政
（Provintia）及商業的中心。現在看到的
赤崁樓是後來清政府、日本政府及國民政
府整修後的樣貌（在清朝時即已傾毀），
遺跡只剩文昌閣下之城基及後側的兩片
垣牆。

普羅民遮城遺址

廢堞殘磚長綠苔
當年海島霸圖開

時間的鱗片
折射成記憶的城堡
舳艫已安靜，海浪
依樣在歷史的岸邊激盪
翻開時間的扉頁
紅毛仔占有祢的身軀

旗人戲弄祢的心情，但
時間仍記下祢的堅忍
留下祢的韌性

祢帶著先人期待的眼神
一起用愛撫慰凌虐的呼吸
那是一個殘酷的破折號（——）
裡面有太多的話語和聲音
都藏在祢身世裡等待祢開示

懷思的擔仔麵*

一縷肉燥的滷香
引來時間的回踱
步入思緒的流連，穿梭
網成一片懷思

交織的片片段段
織成泛黃的回憶，而
滑溜的黃麵 白皙的肉片
則在油蔥酥的香氣裡迴盪
映面的微亮湯汁是妳，是妳
那清湯掛麵的素顏

靜止躍動的蝦隻，忽然
在時光的喜悅裡蹁躚起舞
如，夕照粼粼波光在海面閃爍
迴光，映出妳我樂海的波心

香味撲簌起
對座那碗空蕩的眼淚
無法完成的允諾，化成
一碗餿掉的緬懷 獨啜酸楚

低頭舀起一口微溫的思念
味道 漫滿前人的艱辛
湯頭 溢滿落日的餘暉

——寫於 2021/4/18（完稿）
#投稿 24 期「家鄉地誌詩」
#美食

*

擔仔麵相傳發源時間為清末光緒年間，創始者為臺南的洪芋頭。臺南海邊清明時節常有暴雨，夏季常有颱風侵擾，風雨交加導致不易出海捕魚，生計頓生艱困。臺灣話稱收入不佳的淡季為「小月」，以捕魚為業的洪芋頭在無法出海捕魚的「小月」，常於臺南水仙宮市場前挑著扁擔，叫賣麵食，以度過「小月」，並自名「度小月擔仔麵」，書寫在攤前所吊的燈籠上，其簡單又美味的料理方式於 2017 年度獲得國際潔淨美食獎項 A.A. Taste Awards 的肯定。擔仔麵曾出現在總統府的國宴和飛機餐點。曾被臺南市民稱為「國寶」食物。

懷思的擔仔麵

甦醒的島嶼

來到島嶼海邊
海風拂過一片白色芒草
如劫後初萌軀體，吐納間
感性與理性和成一種靈動

浪濤是愛的心跳
在大海與土地間躍動
像裹在赤裸身軀的思想
與陽光共舞　與海洋共浴

放下的痛　拾起的笑
包裹一個不說出的答案
像每日掠過山徑的陽光
仍然無法撫平起伏的哀怨

知與行　冰與火
開始鑄融意志和命運
凍過頭的默思——起身
成為刀刃　為歷史刻上印記

漫漶的共識　各自的淚水
慢慢凝聚，在島嶼甦醒時

收錄於《台客詩刊》

登山

踏上階梯的鞋
曳出重力的阻抗
汗浹背而下
或許是一場艱苦的行程
我們再也不能
回顧獨行的
勇

林間的小徑
蜿蜒成蛇
巒峰漸漸撥開夜幕
我們不曾害怕
只是戰戰兢兢
頭燈緊隨前人鞋跟前進
燈光在黑漆中
一一綻放如星

#收錄於「大紀元新詩園」

登山隨筆

山上的雲朵潔白
化成千絲萬縷思情
聳立巍峨山脈
佇列著笑聲和雨聲
朦朧嵐霧遮掩小花笑靨
跫音偶會帶來彌猴問候
我從林間小徑穿梭
偶而停下腳步

與掠過的風兒話家常
話語或許千篇一律
語調卻隨季候 Update

在樹枝上 Say hello 的樹鵲
今天音色清純沒有雜質
來到山巔，
三角點仍忠實固守崗位
不為狂風暴雨所動
攀上那座土丘
巴西野牡丹迎風搖醒百步蛇
似曾相識禮貌寒暄後
各自退回安全領域
回途飄起濛濛細雨
薄薄的涼從擁擠林間透出
心語也從黏稠泥巴的
滋滋聲中溢出

—— 臺灣語凡 2023/8/17 寫于水門 7-11

#收錄於「大紀元新詩園」

等待妳的清晨到來

請容我學寫文字
等待妳的清晨到來
不怎麼研究文學的工程師
愛上懂文字的妳
工程在文字裡
留下深刻的溫度

我一眼近視　一眼正常
用清楚的眼睛讀妳的詩
模糊的眼睛看自己
有時候在岔路口迷途
我會循著妳的詩尋路

妳隱微不張揚的眼眸
閃爍像星辰
具有某種期待或想望
有時不經意和藍圖擦撞
是不是可以描繪美麗的願景

無法用尺規量度的忐忑
盼妳的溫柔能同理我的徬徨
我願在滿是落雨的季節
撐起一把懂妳的傘
希望雨霽後，能夠
揚棄共同寂寥 互換彼此天空

收錄於《台客詩刊》

等待的奔放

冬，微涼了瓣瓣私語
盛開浪花剡開了東海岸星空
我期待轉圜星座，在
悲傷的故事裡有著幸福彎道
讓將盡的希望還亮於月光

不適合罣礙的夜
風將柔和的亮竊竊移至夢裡
一群熠熠的海豚躍出夢境
我從海鷗飛翔的堅翼中
看到了推心置腹的傷痕

奔跑覓食的人和鼠
從紛陳世事分離月亮和骨頭
調頭那刻均化成白銀
不再有荒野或城市
臍下的十字架血漬仍在滴淌

波浪是源源不絕的血
永遠存有愛的背叛
雖然世事每每不是晴朗
但藏在飄逸雲朵裡的害怕
可以裝進珍惜　重新出發

淋漓一座森林的海
濤聲在火裡凍結　浪裡沸騰
掛在母親乳尖的夜
凝結靜默填滿一首詩的枝椏
於是，豐滿語彙，再度
奔放島嶼

翕動光影

陽光巧妙地
抓到雨高墜速淚水
風不識趣從屋簷穿過
我在妳不在的城市
拍下妳觸摸過的屋角

那麼熟悉的視角
被妳投下破碎影子後
走過輿圖已然模糊
城市不再炫耀，這裡
我僅為物理性存在

或許妳淚裡的純粹
尚存有些許雜質的我
不用急著拿掉
等沉澱瀝乾後
妳會看到剩餘的我

含上多少咒罵
依妳向老天祈求的量
那片背陽牆壁上
仍有翕動人形 可以的話
我願再承受另一場夢

　　── 臺灣語凡 2023/9/5 寫于松屋

　　　　# 收錄於「大紀元新詩園」

翕動光影

虛實人生

玻璃易碎　夢易醒
皮皺髮蒼　歲月黃
涉山水　獨映雲
月冷枝頭傷懷興

歲月細數量子
靈魂寄託苦澀字詞
登高，遠眺
再多晴朗的天空
再多溫柔的山水
孤影還是模糊了明亮

朝露冷　枯葉飄黃
遣情傷，故人何在？
風逍遙　心已涼
煙霧茫裡迎春陽

振翅蝴蝶 夢裡翩
像似莊周話虛實
小橋是流水記憶
一個渡口，又
能承載幾度夕陽？

人生道路
是離途？是歸途？
佛知 神知
茫茫滄海無人知

回過頭
我還是在奔赴途中
奔赴下一個
年歲更大的遠方

收錄於「大紀元新詩園」

虛實人生

145

飯桶

加倍再加倍
折半再折半
一粒鹽溶化一濃度
幻成一片海
一座山抽掉一密度
幻為一綠洲

尾隨在食物後的人
燃起烈日食慾
摺倒世界作物
數算弧面切線的星雲
流過缺憾後，開始
抱怨上帝的不完美

一個又一個眼神
掉進口慾黑洞
涎水沿著堤岸泛濫
可餐秀色如豔火上玄天
甚至連呼吸聲
都會被吞噬一起帶走

允諾來生歸還的秋糧
來到大雄寶殿
佛陀慈悲　沉默不語
豎起三指示意「此生足矣」
裊裊香煙，膨脹飯桶
漸漸含蓄成一記符號

── 臺灣語凡 2023/5/15 寫于松屋

飯桶

* 基礎代謝率是維持人體重要器官運
作所需的最低熱量，很少會改變，
幾乎在基因裡就已經決定一個人基
礎代謝率高低。
一天可代謝熱量＝基礎代謝率＋
500 大卡。基礎代謝率高的人需攝
取較一般人多的熱量，所以食量也
會高出一般人，但好吃卻不怕胖。

黑色春天

烏日篩落的晨光
帶走灰濛的露珠
雪，陷入層層鐵蹄

煙霧曳開一片朦朧
無法精算的烽火
讓旭日釐清人性的枝椏

積累心版的陰影
匯集成流蕩的慾孽
浮光串連煉獄的哀號

祕密的魅影
竄出漫天星火
烏克蘭的春天由藍轉黑

＃收錄於《台客詩刊》

感冒

一把火在體內燃燒
思考已被阻斷
理智對話也漸漸微弱
思緒在空白中飛翔

呼吸越來越沉重
如雨般零落
窒息想叫卻沒人聽見
只有那憨直的心
仍諷刺地在跳動

如果這是一場苦難的輪迴
今夜只是夢境
待黎明來時
我將
重踏山巒
重見陽光

#收錄於「大紀元新詩園」

感冒

149

溪畔鷺鷥

我在溪畔凝坐思量
妳在沙洲描摹寂寞
相視無言……

陽光佇足午後的淒涼
妳那自信的甩頭
勾勒起空靈的痕跡

魚蝦讓妳踱步
棼緒繞我煩憂
若有來生
若能轉世
我願隨妳逍遙

過去的路

請問「大宮町二丁目」怎麼走？
訝異，睥睨著和服底奧秘
沉睡在過去的餘燼霍然點燃
我走進時光隧道尋找時間印記

迷失的空間
開始害怕時間前方
那個無法用季候填補的色澤
正從換了裝的街衢裡探頭

老邁的街道語言已然靜默
雖然行道樹仍留有過去時光
但在無數更迭的鳥聲裡
已增加了不少光陰翅膀

空間在認知裡迷失，路人只顧
前行在筆直的街道　蜿蜒的巷弄
錯身的行道樹則逆行於過去的邊緣
夢囈般的爭議正從河的另一邊泌出
時差輝光

我，
走在快速的過去　速寫著路的深邃

＃收錄於《台客詩刊》

過去的路

* 大宮町作為臺灣日治時期的臺
南行政區域，因為鄰近臺南神
社而名為「大宮町」，全町域
區分一丁目到四丁目，同現今
臺南市中西區永福路二段的
範圍。

預言

記憶座標
上下波動 左右擺盪
落葉飄過的「毋甘」*
躲在曾經的影子裡泣訴：
人性日子的遠離

浪濤裡深邃白鯊
嗅到視死如歸味道
假性慈悲開始興風作浪
一種殘酷拖著血腥上岸
分不清彼岸或此岸

默對的歷史
已無太多意義
由虛無到無限的幻境
怨恨正在分割未來
麻雀無視光天照啄稻禾

霧從海面飄過山坳
但見黑鳶俯衝山澗掠食
盛開的雲朵會意藍天旨意
偷偷掠過山巔抹去翠綠
一場浩劫竄流預言

——臺灣語凡 2023/10/14 寫于松屋

＊毋甘，是「捨不得」的臺語。

夢回天明

純粹閃電不懷遺憾
可憐思緒攀上街燈
等待霜雪冰釋

臉頰水漬濕了寒夜
沁入冷漠的語言
幻出一幕幕淒楚顫抖

我從手機播放一首幸福
歌詞都是妳的美夢
淋糊部分　補上憐愛

夢回到澗谷　林間
飄逸潺聲與跫音風息
不再悲歡天空烏青

時間走上良善軸線
白雪也感受日照溫暖
修好日子再進天明

#收錄於「大紀元新詩園」

慢

我寫得很慢
只想把誠摯的心
烙在詩裡
微微撩起認知面貌
真實與美麗漸漸靠近

我走得很慢
渴望把樸實腳印
烙在字句上
輕輕步伐撚起微渺
將眼中世界壯大

把平凡鎖進日常
文字看不見的地方
讓輕盈摺疊怯懦
並齊詩人的肩
跨度 Formosa 這名詞*

我依然走得很慢
眼看島嶼一再翻越新頁
你在彼岸凝視
眼中的驚嘆
有點沉重　有點慢

我持續走得很慢
凝練的勇氣慢慢跨越榮耀

＃收錄於「大紀元新詩園」

＊　跨度是結構中兩個相鄰支撐點
間的距離。

慢

構思築詩

思想建築工人
架起鷹架當起前提
鋪上模板的思路
像是簡單的構思藍圖
蕩出的思緒漣漪
慢慢匯成獨立思維

光透入帷幕縫隙
映出沉重亮斑
時間開始代謝漭淚和血汗
沒有終點的疲憊，
在思路踱踱尋求答案
跫音引來潺聲迴響不斷

輕風舞動回憶
部首般機伶的鸚鵡
成為校正版本
回到構思藍圖，
彌漫迷霧的獨立思想
考究，陷入隨機瓶頸

修辭的陽光
在詩的蕨葉上爬梳
意識流順著葉子背面
流入草叢蔓延大地
歸一之聲，娓娓迤邐
煦陽與潤雨仍依序前行

#收錄於「大紀元新詩園」

構思築詩

睡與醒

一顆心閱讀
一塊喜怒哀樂的土地
情緒的濕度　溫度
豢養著生靈的心跳和呼吸

浪濤　松濤隨風飄逸著時間
若無其事的松子
總是乘著風不急、雨不滴時
敲醒瞌睡土地

巡過孤寂海岸線
我夾在新舊歲月縫隙
看著土地翻攪　紋路更替
清晰鏡像一頁頁凝住過往

曾經用心呼叫的死者
可聽到現在世界的聲音
而混合著愛與恨苦與難的
錄音仍在海潮裡播放

島嶼裡握住如針的人民
已然清楚睡眠與清醒的分界

＃收錄於「大紀元新詩園」

睡與醒

遙

陽臺上
枯萎花朵
喚起泛黃記憶

陽臺外
孤寂天空
放映妳我支離過去

光影將結局拉長
記憶才知道
距離的遠方
是妳已在他方

遙

＃收錄於「大紀元新詩園」

寫實的良善

良善的初衷
就是希望別人能好過些
哪怕原本沾有一些惡意的私心
都能以另一種樣貌呈現
而不讓鮮血淋漓

只記得顏色和歷史
人會在堅定裡慢慢脆弱
只記得他是我的誰
或我是他的誰無法兼容並蓄
當然，也
包容不下更多的繁榮與自信

認知是冰冷、火是熱
交會融化是溫度不是顏色
一如在鏡子裡的我們
有喜悅 有悲傷，但
不需誰成全了誰才能認識自己

坎坷的人生旅程裡
有些斷、捨、離是必要的選擇
銘刻在歲月裡的印記
反覆端視，都會
成為不肯丟失的包袱

安放在靈魂深處的美好
之所以珍貴
是因為我們曾用一整顆的心
讓腳下的實地
成為安身立命的好地方

每一個回頭都是岸
每一個努力都是勇氣
每一個人頂著的天都是共同的天
也是各自的天

廟

裊裊香火升起陣陣虔誠
虎爺不耐螞蟻煩擾怒睜圓目
廳堂迴繞的，盡是神秘唇語
五府千歲汲汲於收件

信徒擲出忐忑的筊杯
交付神明解讀命運哲思
意念開始在廳堂縈繞
運途吉凶也開始在廟祝口裡翻閱*

無法對焦的光明
在意念運行的靜謐角落
和我身體交會
一種頹喪的舒暢油然而生

以信念的力量
迎向香火輝光　願我眾生
平安

#收錄於《人間魚詩生活誌》

廟

*
運途即命運、運道。

模糊的白

場景　對白
從記憶窗沿飄進屋內
原本純淨的圓滿
匆促間忘了「損益平衡」
碎裂

誰也不知道誰會碰撞誰
是積攢的蓄意？
還是保護的必要？
抑是，豔紅和翠綠連結
即可安放？

（人與顏色的連結是一種歧義）

記得第一次
相視而笑的粉紅玫瑰
已然深入氣候的警戒
可，一襲，就那麼一襲
馬格利特的詼諧，即
將超現實主義腰斬　塗炭

一場失序的雨
將情緒從生活裡抽離
匯集的晦氣凝成層層無奈
曾經的義無反顧信念（傘）
潸然淚下……

＃收錄於《人間魚詩生活誌》

創作想法

窗外窗內都有雲很像馬格利特（René Margritte）一幅寫著「你看到的不是煙斗」的煙斗畫作。用模糊視覺的影像模糊觀察著者的想像。這讓筆者想到這次俄國攻打烏克蘭，之前很多訊息都是不明確的模糊。真打了假煙斗就成了真煙斗（形象判逆——象徵會成真）。這證明了「21 世紀文明世界不可能有戰爭」的不可能，仍落在現實主義裡。超現實只是一種想像。還有破碎的蛋像在影射馬格利特的破碎心理（其母投水自盡）最後屋內掛支滴水的傘，象徵無奈下的淚水也罷或收起傘不再擋雨也罷，總之，人類就是這分德性，得利了或沒辦法了，經常會將弱者加上一些美麗辭藻放進物競天擇鍋裡料理。所以觀察者永遠都可「悲天憫人」一直到自己被悲天憫人。世道循環也永遠如是。「弱肉強食」不僅是世道必然，也是一道永世不變的菜餚。

模糊的白

噬血的原點

書架上有一本
古老的史籍
翻開一看
疤痕塗滿了血跡

繼續翻閱
恐懼躍進思緒
手開始顫抖　定睛
字體像螞蟻在腦部轉踅

扉頁已分定了方向
各取各的生存模式
廟堂的合十分列人獸
演繹如老化小解漏遺斑斑

摘下血腥的史跡
放在沒有風的荒野
任野獸尋根
覓回歷史的原點

PS. 化石的 DNA 可找到原點（人與獸相去幾希？）

#收錄於《人間魚詩生活誌》

戰爭與和平

人類出征
都會有個冠冕堂皇的理由
冠冕堂皇可以自編
不需公證，只須
「我認為」被自己確認

勝王敗寇是歷史鐵律
所以殺人的武器一直在精進
和平鴿子也一直被放逐
建築被炸成灰燼
灰燼可再凝成防禦，再戰

每次戰後
總有人提出要和平
遺憾的是你的、我的「認為」大相逕庭
永遠無法在相同的基礎上磨合

橋永遠在重建
人永遠在重立認知和關係
知道戰事的人也，永遠
忘了告訴後來不知道的人
後來不知道的人遇上不同認為
只得再用戰事解決

因果，像
沙漏在時間軸上來回
相去甚遠的你的、我的
累了會休息一段時間
各自躺在藍天下的草坪
看著「你的雲」想成「我的雲」

PS. 有人類就不可能有和平，因為和平須有共同的
認知。遺憾的是人類認知無法歸一。

#收錄於「大紀元新詩園」

獨飲的思念

淒夜與思念在月光下共舞
記憶開始滑落筆尖
游離於腦際的思緒
也開始在記憶裡交織
獨坐陽臺
倒上一杯香醇紅酒
細細品味　那
屬於自己的寂寥與惆悵
在這冷清的夜裡
月光傾城　一片銀白
獨飲的思念在時間裡流連
香醇清冽
將模糊的影子滌回清晰
記得輕輕撫摸你的臉頰
讓風兒撩起你的髮絲
讓晚霞在妳耳畔呢喃

醒了
一起向晨曦道別
無休無過的追憶
卻是無終無果的淒涼
疊加的情懷
最終是無怨無悔的執着
相知如夢一場
失落烙上層層的傷
想看淡過往
可恨塵緣留夢
只能一次次為它恍惶
明知追憶只能換來疊疊的傷
我卻仍在頹廢的迷茫裡
追逐那沒有目標的執著
月光傾城 一片銀白
妳的容顏依舊清晰

作品簡介

這是一首獨坐陽臺，啜飲失落的傷感詩。詩由一杯紅
酒開始，讓記憶與寂寥滑落往日情懷。惆悵與無奈則
伴隨一幕幕的感傷在杯裡呈現。
明知追憶無益，但不由自主的執著，卻仍努力想拿掉
那層迷茫，再見伊人的容顏。
月光傾瀉街景、一片銀白，酒裡的思念也益發清晰。

磨合的墳墓

時間將感覺拉長也拉細
之前責任與義務的分攤
都在客廳、房間及寫字間完成
現在好像全部打通只剩一個空洞

形狀不再是日子的尺規
承諾也不再只有勾勾
同睡的那張床寬敞的感覺不再
精彩的內容則開始發酵

不同，像胖瘦定了型
松鼠兀自在庭院的玉蘭樹上
來回走動，走成一幅餿掉的畫
眼神的累，慢慢敲開了磨合的榫

努力磨合的日子
終於堆積成一座高聳的墳墓
在日月裡穿梭……

收錄於《台客詩刊》

遺憾，再見

時間變老
我像得了失憶症
將珍貴記憶
拏到冰箱冷凍
退冰時化不出春暖花開

心下雪的那一刻
生命開始融化
天也變老
降下檄文　征討時光
冀望重新履過從前

冷冽篩下笑容
錯落在身影的角落
留住的記憶則暫厝雲端
走來生涯亦復如是
竟是些搖搖晃晃的漣漪

颶風的細雨
在清瘦的殘影刻劃出
一條互不相忘的遠方
不及啟程就迷路的方程式
墜落於未知等式　晃蕩

夕陽那麼像晨曦
不同是它將漸漸昏暗
而縈繞故事情節的遺憾
最後還是得抱起昔日的
舊角色互道珍重

#收錄於「大紀元新詩園」

遺憾，再見

避

走進大廳鑽進電梯
隱隱聽見心裡那面鼓
不停地敲著那縷思緒
像人聲又像水聲

糾結思緒已無頭緒
車子　行人　樹影
都被時間拋諸腦後

斑馬線的白色矩形
在炙熱陽光下更加蒼白
急行人的臉龐
斑白裡滲出幾滴汗水

衝進那冷氣滿滿的圖書館
深深吸了一口氣
記憶又從褪色的書架躍出

陽光由落地窗溜進
孤獨的影子
像單飛的鷺鷥暫棲窗欄
遙望時間流逝

#收錄於「大紀元新詩園」

避

舊鐵橋

陽光射出炙熱
鬱卒沙洲，還在
風中吟釀那抹記憶
菅芒臨風搖起舊鐵道溫情
我揮汗讓時間沖泡

越過歲月的軌道
帶我回到調皮年少
甲子前沉重的隆隆聲
總是伴著疲備車箱
撿拾喜悅時光

故事裡哪粒種子
爭議時會生氣
結成層層濃郁晶鹽
鹹鹹澀澀的味道
如今回味仍像昨天

風是溫馴小孩
雨是數不完的淚水
想過　等過，就是
沒有可以召喚的影子
隆聲再次劃破清晰午後
步下臺階　踏進落日
羞赧鐵橋開始泛紅

＃收錄於「大紀元新詩園」

舊鐵橋

謹登北大武山

一抹仰慕的晨光
輕撫大武山堅毅的臉龐
山嗓掠過喜多麗的肩膀*¹
來到鐵衫渡頭準備橫渡雲海
到對岸祖靈的山巔，訴說
那片獨自離去的霞光　已然成家
結冰的岩縫亮出晶瑩折光
披上透明霜衣的花草，沿著
山徑一路撩撥登山者的貪婪
一手扶著飄嵐將汗珠滴滴拍落
一腳踏在岩縫彳空所有的煩憂
日漸西沉，失落的足跡驀然驚起*²
夜幕不睡，蓋滿所有的驚慌
腦海波濤，激盪出萬般的膽顫
頭燈則照射出篇篇的焦慮
心頭開始鳴起陀佛的慈悲，當
抵達有光的祝福時，霎那
眼眶噙滿上帝憐憫的淚水

作者本人於北大
武山登頂
攝影／山友

雲飄數百里 樹佇千尺崖，自負
的「自以為是」被焙成裊裊雲煙
大武山的霧散雲聚，均在
爬梳前人留下的「某種經驗」
畏其呈現 欣其壯麗，願
大武登頂成為僂下的謙恭

＊1 「喜多麗」是 3.8K 處的斷崖名
　 稱。天氣好時可以看到令人驚艷
　 的雲海及飄浮其上的紅彤夕陽。
　2 登山鞋底墊脫落。

雜繪大地

仰頭看黑鳶掠過
低頭聽樹鵲鳴聲
有高低　無上下
頭腰腳間孰輕孰重？
嵐霧隨風飄逸　無言

山徑循尊重和理性
蜿蜒山腰　稜線　高峰
炫耀來到台地與雲煙交會
退溫的風情
乘秋風　下山崗

轉出林間
日常現實的湯頭
在各式塵囂裡堆疊人性
溫潤雨絲將大樓
擴張成貪婪的曲面

割稻和挖蕃薯
匯成濃縮咖啡鬱結
而斑爛與淒楚的故事
則合成根根果針*
扎進土地育成顆顆花生

#收錄於《台客詩刊》

雜燴大地

＊ 果針是受精花生進入土壤準備
吸收養分育成花生的子房。

離別的月台

分別佇立月台兩旁

妳北上　我南下

摘下妳回眸的眼光

我回饋一抹微笑

午後月台　靜寂

斜陽依在跑馬燈上

量度著我倆頻頻的轉頭

是妳淚水模糊了眸子

還是我的抿笑已經僵硬

視線凝住了時間

不曾守候的相遇

就像月台交會的火車

瞬間離去，從不留白

一層又一層的理解

一次又一次的悲傷

終是回到等候線等候

列車終於入站

時間無情地晾起一份痛

闔上眼，

妳的淚珠從我臉頰滾落

#收錄於《野薑花詩集》

191

難忘的煙雨

忘不掉的是雨
記不起的是雲
多少歡樂被雨淋落
多少悲歡隨雲飄散
葉落總在秋涼時憶起

迷路的記憶
又在遺忘的小徑覓尋
哭過的年少　忘詞的壯志
如灑落一地的樽口滴愁
剪不斷那段段的絲惘

喬木繞藤蔓 指間纏紅塵
漲滿秋池的心事
總在靜默的城郭靜待
旭日竄紅整片大地
才知過眼的繁華如煙花易冷

拿掉常繞心懷的思索
澗溪潺聲還是綿綿不絕
不得不的堅牆終於石崩瓦解
想說的 想等的
全部沒入煙雨

＃收錄於「大紀元新詩園」

難忘的煙雨

懸念

蘸著糖漿的糖葫蘆
忽從記憶裡蹦出來
跌宕心靈
從玉山頂流瀉到大峽谷

福爾摩斯的放大鏡
映出柯南道爾的靈異
沉默湧起的勇氣
開始在艱辛的世道指南

迷茫而流瀉的時間
讓蒼茫的遠方
來到妳的破繭地方
將光懸吊起來
耀出妳生命新詮釋

炙熱的冰原
拎起魚眼瞬間的一瞥
渴望又無奈
如殘存詩情　如獨自幽冥
森林中找不到出路
陰府裡尋不著佛堂

臺灣情‧華語吟

一抹夕陽　一彎彩虹
在大漠裡親吻妳的肌膚
水的呼吸隨著駝鈴聲
化出了陣陣的嘆息
骨骸也幻成了綠洲
寓熱於詩

不理性的邏輯
紛紛躲入詩詞裡避風暴
函數的弦樂驟然離開弦月
不再與斜率切出偏執

屬於世上的喜樂
成為生命外的風景
脆弱的景緻開始在
天安門時代廣場
拉起隔離布幕
沒有星子　沒有月兒
只有懸念

收錄於「文學人詩園」

懸念

變奏的愛

走在交錯的日子
始終無法知曉
自己會不會在一夕之間離去
思及恇忡，不知所措
只知自己前進的步伐模樣
零亂

打開腦際字庫
將腳下一些零碎的碎浪放進
複習一下湛藍的模樣
或許真心想與錯身的誰
獻上祝福

在紛杳的情緒裡
找到可確認的方向不容易
想藉由現在模樣
變奏更具活力的翅膀
期待翱翔時抓準初衷，提早
抵達遠方

妳曾說我凝視的眼神

是妳最想收藏的風景

也許這樣的束縛太沉重

寧願和妳在愛的深處

留點空隙讓彼此的痛得以迴旋

曠時的變奏曲已然麻痺

無法回歸初始的曲譜

抹煞的風景

也將自己的部分丟失

晴朗開始起皺成雨

滴落迷途小徑……

PS. 平凡或許不是幸福的捷徑。但絕對不會成為幸福的迷途。

國家圖書館出版品預行編目 (CIP) 資料

臺灣情,華語吟/臺灣語凡作. -- 第一版. -- 新
北市:商鼎數位出版有限公司, 2024.09
　　面；　　公分
ISBN 978-986-144-280-8(平裝)

863.51　　　　　　　　　　1113010949

臺灣情 華語吟

作　　者　臺灣語凡

發 行 人　王秋鴻
出 版 者　商鼎數位出版有限公司
　　　　　地址：235 新北市中和區中山路三段136巷10弄17號
　　　　　電話：(02)2228-9070　傳真：(02)2228-9076
　　　　　客服信箱：scbkservice@gmail.com

編 輯 經 理　甯開遠
執 行 編 輯　尤家瑋
獨立出版總監　黃麗珍
編 排 設 計　黃鈺珊

商鼎官網　　　來出書吧！

2024年9月25日出版　第一版／第一刷